LE VALET

DE DEUX MAÎTRES,

OPÉRA-COMIQUE.

On trouve chez les mêmes Libraires, l'*Épreuve délicate*, comédie en un acte, en vers, et *La Dupe de soi-même*, comédie en trois actes, en vers, du même auteur.

LE VALET DE DEUX MAÎTRES,

OPÉRA-COMIQUE

EN UN ACTE EN PROSE;

PAR F. ROGER, MUSIQUE DE F. DEVIENNE.

Représenté, pour la première fois, sur le Théâtre de la rue Feydeau, le 12 Brumaire an VIII.

Prix, 1 franc.

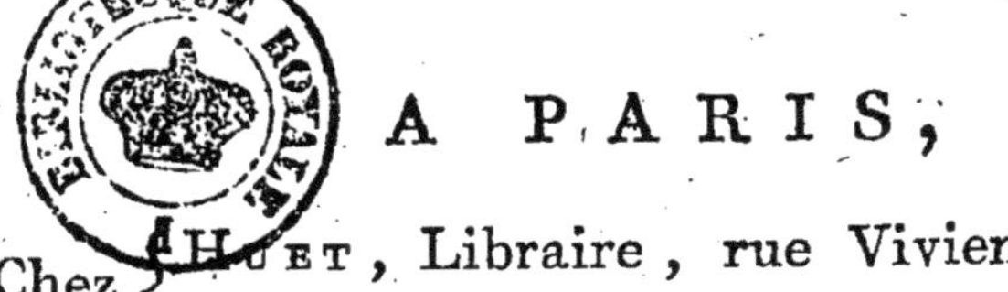

A PARIS;

Chez { HUET, Libraire, rue Vivienne, N.º 8.
{ CHARON, Libraire, passage Feydeau.

AN VIII.

<table>
<tr><td>Personnages.</td><td>Acteurs.</td></tr>
<tr><td>SOPHIE MELCOUR, jeune veuve déguisée en homme,</td><td>C.^{ne} ROLANDEAU.</td></tr>
<tr><td>FLORVILLE, jeune officier de marine,</td><td>C.^{ens} JAUSSERAND.</td></tr>
<tr><td>FRONTIN, valet de Florville et de Sophie,</td><td>RÉZICOURT.</td></tr>
<tr><td>DRU, nouveau riche,</td><td>GEORGET.</td></tr>
<tr><td>LAPIERRE, garçon d'hôtel,</td><td>DARCOURT.</td></tr>
</table>

La scène se passe à Paris, dans un hôtel garni.

LE VALET
DE DEUX MAÎTRES,
OPÉRA-COMIQUE.

Le Théâtre représente l'antichambre d'un hôtel garni, avec une porte au fond, et deux portes latérales sur le devant de la scène. Dans le fond, à gauche de l'acteur, sont deux malles posées l'une sur l'autre, et une table auprès, sur laquelle sont deux paires de bottes. Une autre table est à droite sur le devant.

SCÈNE PREMIÈRE.
FRONTIN, LAPIERRE.

LAPIERRE.

PARBLEU ! mon cher Frontin, depuis que nous nous sommes quittés, moi, pour entrer dans cet hôtel garni en qualité de factotum, toi pour monter derrière la voiture d'un homme en place, tu es devenu bien entreprenant.

FRONTIN.

Oui, mon ami, je commence à me former.

LAPIERRE.

Tant de valets n'ont pas de maître, et toi, tu en as deux !

FRONTIN.

Le moyen de s'enrichir aujourd'hui, n'est-ce pas (comme on dit) de manger à deux rateliers ?... Je connais les grands principes. Au reste, mon cher Lapierre, c'est l'ouvrage du hasard ; moi, je n'y suis pour rien.

A 2

LAPIERRE.

Comment donc, du hasard ?

FRONTIN.

Ecoute. Mon ancien maître, cet homme en place, chez qui tu m'as vu, m'avait demandé ma démission.

LAPIERRE.

Manière honnête de chasser les gens.... Eh bien ?

FRONTIN.

Resté sans condition, je m'occupais des moyens d'en trouver une ; quand un jeune Melcour qui venait, je crois, de Nancy , me prit à son service en passant à Châlons. Il me dit qu'il allait à Paris. Je lui proposai de loger dans cet hôtel-ci où je te savais à demeure. Il accepta, m'ordonna de prendre un cheval, d'aller en avant, et de l'attendre ici. Je vole, j'arrive, (c'était hier matin). J'attends, j'attends .... peine perdue !.... vingt-quatre heures s'écoulent.... point de Melcour.

LAPIERRE.

Tu jurais !.... ah !

FRONTIN.

Comme un rentier. Enfin pourtant , je prends mon parti. Allons, me dis-je, me voilà encore une fois sur le pavé. Voyons, cherchons ailleurs à nous tirer d'affaire.... Au moment où je m'en allais, arrive en cet hôtel un nommé Florville, officier de marine au Havre, qui me reconnaît pour m'avoir vu jadis au service d'un de ses amis. Il m'offre de bons gages si je veux être à lui. Moi, ne comptant plus sur Melcour, j'accepte avec transport.... Ne voilà-t-il pas qu'un instant après je vois entrer.... Qui?

LAPIERRE.

Melcour ?

FRONTIN.

Eh ! mon dieu oui ! lui-même.

LAPIERRE.

Qui donc avait retardé son arrivée ?

FRONTIN.

Une maudite roue cassée en chemin.

LAPIERRE.

Eh bien ! il fallait te dégager auprès de l'un ou de l'autre.

F R O N T I N.

Vraiment, je le voulais d'abord, mais....

L A P I E R R E.

Quoi !

F R O N T I N.

L'appât d'un double gain....

L A P I E R R E.

A enchaîné ta langue ?

F R O N T I N.

Il m'a rendu muet.

L A P I E R R E.

Fort bien ! mais ta conscience ?

F R O N T I N.

Ma conscience !

C O U P L E T S.

Je sers deux maîtres à-la-fois,
A double peine il faut m'attendre :
Travaillant des deux mains, je crois
Des deux mains aussi pouvoir prendre.
Faisons-nous, par précaution,
Une vertu de circonstance ;
Être aujourd'hui demi-fripon,
C'est avoir trop (*bis.*) de conscience.

D'ailleurs, ce n'est que pour un jour
Que j'use de mon stratagême :
Demain l'honneur aura son tour,
Demain je redeviens moi-même.
Que de gens nous voyons, ma foi !
Sur qui se tait la médisance,
Qui, pour bien plus long-tems que moi,
Ont ajourné (*bis.*) leur conscience !

L A P I E R R E.

A force d'ajourner ta conscience, ne vas pas, comme tant d'autres, finir par l'oublier.... Je ne crois pas d'ailleurs que tu viennes à bout de ton entreprise.

F R O N T I N.

Mais, je te l'ai déja dit, ce n'est que pour un jour. Florville part demain pour Nancy : Melcour reste : eh bien ! je choisirai celui qui me paiera le mieux. Tu verras ! — D'ailleurs, je suis placé à merveille pour les servir tous deux.

Voilà la chambre du jeune Melcour; (*il montre à sa gauche.*) voilà celle de Florville; (*il montre à sa droite.*) et celle-ci communique aux deux autres..... Mais à propos, Florville m'a dit de préparer ses habits....

LAPIERRE.

Voilà les malles de tes deux maîtres que j'ai fait monter là moi-même.

FRONTIN.

Comment ! sans m'appeler !... et toutes deux ensemble !

LAPIERRE.

Oui, pour que cela te fût plus commode.

FRONTIN.

Et laquelle est celle de Florville ?

LAPIERRE.

Ma foi ! je n'en sais rien.

FRONTIN.

Malheureux ! qu'as-tu fait ?

LAPIERRE.

Mais, parbleu ! lis l adresse.

FRONTIN.

Que je lise !... mais.... est-ce que tu ne pourrais pas lire toi-même ?...

LAPIERRE, *riant.*

Tu ne sais pas lire ?... Eh bien ! ni moi non plus.... Mon ami, nous ferons fortune dans ce siècle-ci.

FRONTIN.

Oui, ris bien; mais que vais-je faire, moi ?

LAPIERRE.

Eh ! te voilà bien embarrassé pour rien. Tes maîtres ne t'ont-ils pas remis les clefs de leurs malles ?

FRONTIN.

Sans doute.

LAPIERRE.

Eh bien ! ouvrons-les. Faisons l'inventaire de leurs effets; nous distinguerons aisément....

FRONTIN.

Tu as raison, voyons.... (*Ils ouvrent chacun une malle.*)
Une perruque ! ah ! c'est au jeune Melcour....

LAPIERRE.

Une perruque aussi.

FRONTIN.

C'est donc une rage que cette mode-là ! Un officier !... Ah !
il est vrai qu'il ne voyage pas en uniforme.....

LAPIERRE.

Ah ! ah ! que vois-je ?... Un gant de femme !... un pot
de rouge !

FRONTIN.

Miséricorde ! et qu'en veut-il faire ?

LAPIERRE.

Un éventail ! un étui !

FRONTIN, *tirant un habit de la malle.*

Ah ! c'est quelques dépouilles de jolies femmes.

LAPIERRE, *tirant aussi un habit.*

Qu'y-a-t-il dans la poche de cet habit ? Tiens. (*Il donne
l'habit qu'il tient à Frontin qui lui remet l'autre.*)

FRONTIN, *il en tire une boîte et rend l'habit à Lapierre.*

Une bombonnière avec un médaillon.... Mais comme cela
est épais !... un double fonds.... Voyons. (*Il cherche à
l'ouvrir.*) pas possible....

LAPIERRE.

Prends garde à toi, on vient.

FRONTIN.

Ah ! mon dieu ! serrons vite tout cela. (*Il va écouter à la
porte de Melcour et rend la boîte à Lapierre qui la remet
dans l'autre habit.*) Va-t-en, car c'est Melcour. (*Il remet à
la hâte les habits dans les malles.*)

LAPIERRE.

Au revoir. (*Il sort.*)

SCÈNE II.

FRONTIN, SOPHIE MELCOUR, *dans sa*
chambre.

SOPHIE.

Frontin !

FRONTIN.

Monsieur.

SOPHIE.

Prépare tout ce qui est nécessaire pour m'habiller , et
apporte-le moi.

FRONTIN.

Vous habiller !... (*à part.*) lui aussi ! (*Haut.*) Oui,
monsieur.... oui.... pourvu que Florville n'aille pas....

SCÈNE III.

FRONTIN , *et de temps en temps* FLORVILLE
et SOPHIE *qui paraissent sur leurs portes pour*
se faire servir.

FLORVILLE, *dans sa chambre.*

Frontin !

FRONTIN·

Justement !... Ah ! je suis perdu.

FLORVILLE, *de même.*

Mon habit.

FRONTIN.

Oui , monsieur.... Bon ! son habit.... le voilà.

SOPHIE, *dans sa chambre.*

Frontin !

FRONTIN.

A l'autre !... J'y vais.

SOPHIE, *de même.*

Mes bottines.

FRONTIN.

Dans la minute.

FLORVILLE, *sortant de sa chambre. Il est en redingotte*
du matin.

A qui parles-tu donc ici ?

FRONTIN.

Qui, moi, monsieur ?... je me parle à moi-même. -

FLORVILLE.

Mon habit.

FRONTIN, *lui donnant l'habit.*

Le voilà.

FLORVILLE, *rentrant chez lui.*

Ma perruque.

FRONTIN.

Dans l'instant... Ah ! quel embarras.!... je commence
déja à perdre la tête.

SOPHIE, *sortant de sa chambre, en redingotte du matin.*

Eh bien ! mes bottines.

FRONTIN, *lui donnant les grandes bottes de Florville.*

Monsieur, les voilà !

SOPHIE, *les regardant.*

Mais, tu me donnes-là des bottes de courrier....ce ne sont
pas...

FRONTIN.

Pardon, 'pardon... c'est que... vo·là l·s vôtres. (*Il lui en*
donne d'autres, et Sophie rentre.) Maudite toilette ! je ne
m'en tirerai jamais.

FLORVILLE, *dans sa chambre.*

Viendras-tu, Frontin ?

FRONTIN.

Eh ! j'y vais.

SOPHIE, *de même.*

Mon habit et ma perruque.

FRONTIN.

Encore l'autre !... on y va. (*Il tient les deux perruques.*)
A qui la noire ?... à qui la blonde ?... c'est le diable !

FLORVILLE, *sortant de sa chambre.*

Frontin ! faut-il toujours t'attendre ?

FRONTIN.

Jamais, monsieur : tenez. (*Il lui donne la blonde et tient l'autre cachée derrière lui.*)

FLORVILLE.

A qui cela ? est-ce que je porte une perruque blonde ?

FRONTIN.

Ah ! quelle méprise !... excusez-moi... c'est la mienne... c'est que j'essayais...

FLORVILLE, *prenant la perruque et rentrant.*

Allons, donne vîte. Une perruque blonde à monsieur !

FRONTIN.

Bien ! il a ce qu'il lui faut. Et d'un !... donnons promptement à l'autre... (*Voyant Sophie.*) Tenez, monsieur, j'allais vous porter...

SOPHIE.

Bon. Je n'ai plus besoin de toi. Je vais m'habiller moi-même, entends-tu ? qu'on me laisse seul. (*Elle rentre.*)

FRONTIN.

Oh ! monsieur peut y compter... Bravissimo ! m'en voilà venu à bout !... quel talent !... mais aussi quel bonheur !

SCÈNE IV.

FRONTIN, FLORVILLE, *habillé ; il n'est point en uniforme, mais seulement en pantalon et en bottes.*

FLORVILLE.

Tu as de furieuses distractions.

FRONTIN.

Que voulez-vous, monsieur ? C'est la maladie ordinaire des grands génies !

FLORVILLE.

Faquin !... Eh ! Frontin, une plume, de l'encre.

FRONTIN.

En voilà.

FLORVILLE.

Je veux écrire ici quelques lettres.

FRONTIN, *effrayé.*

Ici, monsieur ! gardez - vous - en bien ! comment ! vous seriez harcelé... On passe et repasse à chaque instant dans cette chambre. Croyez-moi, écrivez dans la vôtre. Vous avez tout ce qu'il vous faut.

FLORVILLE.

Tu as raison. Ah !... à propos. Pendant que je vais écrire, vas à la poste, et vois s'il y a des lettres pour moi. J'ai lieu de croire que tu en trouveras ..

FRONTIN.

Oui, oui, monsieur ; j'irai.

FLORVILLE.

Donne ordre qu'on me laisse en repos dans ma chambre.

FRONTIN.

Oh ! n'ayez pas peur ! j'y mettrai bien mes soins.... Mais n'en sortez pas, vous, car ma foi.... (*Florville rentre.*) Bon!... courons chercher ses lettres, tandis que l'autre achève de s'habiller. Ces jeunes gens sont longs à leur toilette ; nous avons du temps. (*Il va pour sortir.*)

SCÈNE V.

FRONTIN, SOPHIE, *habillée élégamment, mais toujours en homme.*

SOPHIE, *l'arrêtant.*

Ou vas-tu ?

FRONTIN.

Où je vais !... Ma foi, monsieur, je vais.... je vais déjeûner.

SOPHIE.

Ecoute : j'attends une lettre de Nancy. Cours à la poste la chercher.

FRONTIN.

J'y vole, monsieur. (*A part.*) Bon ! je ferai d'une pierre deux coups.

SOPHIE, *le rappelant.*

Frontin !... Ma sœur devait m'accompagner à Paris. Une amie peut lui avoir écrit. Tu demanderas aussi s'il n'y a pas de lettres pour Sophie Melcour.... tu entends bien ? pour Sophie Melcour.

FRONTIN, *à part.*

C'est bien de la besogne. Pour Sophie Melcour.....

SOPHIE.

Vas vite.... eh bien ! vas donc !

FRONTIN.

Peste ! quel feu ! Ah ! on voit bien que c'est un billet doux que vous attendez ..... Vous avez laissé, sans doute, quelque belle dans la douleur ? Je la plains.... car à Paris.... avec cet air, cette tournure.....

SOPHIE.

Tu me trouves donc joli garçon ?

FRONTIN.

Ah ! parbleu ! je connais bien des femmes qui changeraient de figure avec vous. Joli garçon, ma foi ! joli garçon ! (*Il sort.*)

SCÈNE VI.

SOPHIE, *seule.*

Joli garçon !... (*En riant.*) Allons, cela est décidé, me voilà garçon :— que j'ai lieu de m'applaudir de ce déguisement!... ma sûreté le rendait nécessaire... mais que dira le monde de ma fuite ? Eh ! ce qu'il voudra !... Ne suis-je pas veuve et maîtresse de mon choix ? De quel droit un oncle riche et avare voulait-il me forcer à accepter la main d'un parvenu ? Monsieur Dru ! monsieur Dru ! l'aimable époux qu'on me proposait ! Je ne l'ai jamais vu ; mais on me l'a peint si grossier, si ridicule ! et c'est-là l'homme qu'on voulait que je préférasse à Florville ! à Florville !... cher amant !... (*Une pause.*) J'ai bien fait,

je crois, de lui écrire ce matin de venir me trouver ici, au lieu
d'aller moi-même le chercher jusqu'au Havre.... Ah ! Florville ! Florville !... que n'es-tu déja près de ta Sophie !

A I R.

Amour ! à l'amant que j'adore
Prête tes aîles aujourd'hui.
Impatient d'attendre encore,
Mon cœur vole au-devant de lui.

Tu fus aimé d'une autre belle,
Florville ! quand je te connus ;
Mais en te rendant infidèle,
Je t'appris à ne l'être plus.

Amour, etc.

SCÈNE VII.

SOPHIE, DRU, LAPIERRE.

*(Dru est habillé suivant la mode du jour, mais d'une manière
outrée et ridicule.)*

LAPIERRE, *en entrant, à M. Dru.*

Tenez, monsieur, voilà un jeune homme avec qui vous
pourrez causer, tandis qu'on préparera votre appartement.

DRU, *à Lapierre.*

C'est bien, très-bien, parfaitement bien.   (*Lapierre sort.*)

SOPHIE, *à part.*

Quel est cet homme ?

DRU.

Pardon, monsieur, je vous dérange peut-être ?

SOPHIE.

Monsieur, cette salle est à tout le monde.

DRU.

Eh bien ! puisque je ne vous gêne pas, je serai charmé,
enchanté, ravi de causer avec vous.

SOPHIE.

C'est trop d'honneur.

D R U.

Vous voyez, je suis sans façon, sans gêne, sans cérémonie;
je suis connu pour ça ; aussi tout le monde m'aime, me chérit,
me considère.

S O P H I E, *à part.*

Quel ton !

D R U.

Vous êtes de Paris?

S O P H I E.

Pas tout-à-fait.

D R U.

J'y viens souvent, moi. Je descends toujours dans cet hôtel.
C'est un beau pays que Paris, n'est-ce pas ? C'est le pays du
bon goût, du bon ton, des bonnes manières.... Vous avez
cru que j'en étais ? Eh bien ! pas du tout, c'est ce qui vous
trompe. Je suis de Tours en Touraine. Mais j'ai auprès de
Choisy, une petite bicoque de cent mille écus, car j'ai toujours
aimé la médiocrité.... Auprès de Choisy, vous dis-je, voilà
pourquoi j'ai pris un peu les airs, le costume et le ton.....

S O P H I E.

De Tours !... une terre près de Choisy ! (*A part.*) Mais,
M. Dru aussi....

D R U.

Belle terre, ma foi ! les plus beaux jardins ! des meubles !
Ah ! des meubles ! ils ne me coûtent pas cher, mais ils sont
superbes. Parbleu ! il faut que vous me fassiez l'honneur de
venir chez nous quand Mme Dru y sera.

S O P H I E, *à part.*

C'est lui-même ! quelle rencontre ! (*Haut.*) Bien sensible,
monsieur.... Vous êtes donc marié ?

D R U.

C'est comme si je l'étais.

S O P H I E, *à part.*

L'impudent ! (*Haut.*) Comment cela ?

D R U.

Je pars demain pour Nancy, où je vais chercher une veuve
charmante, incomparable, qui m'attend.

S O P H I E.

Qui vous attend ?

D R U.

Oui.

S O P H I E.

Et cette veuve vous adore, sans doute ?

D R U.

Elle m'adore.... elle m'adorera, c'est-à-dire; car nous ne nous connaissons pas encore... mais peu importe. Son oncle a beaucoup d'empire sur elle, et comme, par suite d'un arrangement fait entre lui et moi, il doit me donner trente mille francs ou la main de la petite personne, il la forcera bien à consentir à ses projets. Au reste, tenez, nous n'aurons pas besoin, je crois, de la violenter. J'ai quelque fortune, quelque considération, et je suis d'ailleurs d'une tournure à pouvoir espérer....

S O P H I E, *à part.*

Un congé.

D R U.

Connaissez-vous Nancy par hasard ?

S O P H I E.

Comme cela.

D R U.

Connaissez-vous un vieil Arabe qu'on nomme Durmond ?

S O P H I E.

Un peu.

D R U.

Eh bien ! c'est sa nièce dont je vais faire le bonheur !

S O P H I E, *à part.*

Je n'y tiens plus. (*Haut.*) Sophie Melcour ?

D R U.

C'est vous qui l'avez dit.

D U O.

S O P H I E.

Insolent !

D R U.

Mais que dites-vous ?

SOPHIE.

Vous, son époux !

DRU.

Moi , son époux.

SOPHIE.

Ah ! craignez mon juste courroux.

DRU.

Quoi ! l'aimeriez-vous ?

SOPHIE.

Si je l'aime !
Sans moi jamais elle n'aura d'époux.

DRU.

Vous voulez l'épouser vous-même ?

SOPHIE.

Oui , craignez mon juste courroux !
Je la chéris... comme moi-même.

ENSEMBLE.

DRU, *à part.*	SOPHIE, *à part.*
Je demeure interdit :	Je sens que cet habit
Si j'avais du courage,	Me donne du courage :
Ce voyageur maudit	Mon homme est interdit ;
En aurait moins, je gage :	C'est un poltron, je gage ;
Je suis tout interdit.	Il est tout interdit.

DRU.

Eh quoi ! vous l'aimez ?

SOPHIE.

Si je l'aime !

DRU.

Vous voulez être son époux ?

SOPHIE.

Oui, Sophie en dépit de vous,
Sans moi ne prendra pas d'époux :
Je la chéris comme moi-même ;
Je la défendrai contre vous.

DRU.

Y pensez-vous ? y pensez-vous ?

SOPHIE.

Vous ne serez point son époux !
Je la défendrai contre vous.

(A part.)

Je crois qu'il est de la prudence
De mettre un terme à mon courroux.

DRU, *à part.*

J'ai toujours aimé la prudence,
Et je crois qu'il faut filer doux.

ENSEMBLE.

DRU, *à part.*	SOPHIÉ, *à part.*
Partons, partons en diligence,	Je crois qu'il est de la prudence
J'ai vraiment peur de son courroux.	De mettre un terme à mon courroux,
J'ai toujours aimé la prudence,	N'éveillons pas la méfiance,
Et je crois qu'il faut filer doux.	Et sans éclat retirons-nous.

(Sophie s'esquive et rentre dans sa chambre.)

SCÈNE VIII.

DRU, *seul.*

*(Il bat en retraite, et s'apperçoit tout-à-coup que Melcour
s'est évadé.)*

Ah ! ah ! où donc est-il ?... Il s'est sauvé ? Quoi ! je l'aurais
fait fuir ?... Vraiment ! ce serait le premier.... il a eu
peur !... Voilà une belle occasion pour moi d'avoir du cou-
rage !... Un rival poltron !... l'heureuse rencontre !... Je vais
rétablir ma réputation à bon marché.... et puis cela me fera
honneur auprès de Sophie !...

COUPLETS.

1.

Retournons vers cet incroyable,
Ce n'est qu'un fat, un fanfaron :
Si je m'avise d'être un diable,
Il sera doux comme un mouton.
Il n'est grand poltron sur la terre,
Qui n'en trouve un plus grand encor :
Pour forcer un homme à se taire,
Il suffit de crier plus fort.

B

e.

En amour, ainsi qu'en affaire,
Dans un boudoir, dans un salon,
Soyez doux, on vous fait la guerre ;
Parlez haut, vous aurez raison.
Oui, oui, dans le siècle où nous sommes,
Celui qui cède a toujours tort;
Et pour en imposer aux hommes ,
Il suffit de crier plus fort.

Voilà une table... écrivons. (*Il se met à une table.*) Comment s'écrit un cartel ? Ce style-là ne m'est pas si familier que celui des lettres-de-change. (*Il écrit.*)

« Cejourd'hui, à midi précis , il vous plaira me faire l'honneur.... »
Non, non, point d'honneur , ça n'est plus d'usage.

« J'aurai le plaisir et l'avantage de vous attendre.... »
Voyons.... où ? parbleu ! au café voisin !

« De vous attendre au café voisin , pour vous dire....
» Pour vous dire.... (*Il cherche sa phrase en se grattant le
» front.*) Ah ! m'y voilà... «pour vous dire que je prétends vous
» disputer Sophie Melcour à la pointe de l'épée. »   DRU.

A merveille !... ah ! je suis bien sûr que ce billet-là restera sans réponse.

SCÈNE IX.

DRU, FRONTIN.

FRONTIN, *à part, sans voir Dru.*

(*Il arrive avec une lettre dans chaque main.*)

CETTE lettre est pour Florville ; cette autre pour la sœur de Melcour.... Ne nous trompons pas, car malheureusement je ne sais pas lire , et ce serait le diable, si.... (*Appercevant Dru.*) Que fait là cette homme ?

DRU, *après avoir cacheté le billet.*

Ah ! voilà sûrement le valet de mon petit monsieur. (*Il aborde Frontin.*) Dis-moi un peu : n'es-tu pas le valet d'un jeune homme qui loge dans cet hôtel ?

FRONTIN.

D'un jeune homme ? cela se peut bien.... oui , je suis son valet.

DRU.

Remets-lui ce billet.

FRONTIN.

A qui, dites-vous?

DRU.

Eh ! à ton maître.)

FRONTIN, *à part.*

Si j'osais lui demander lequel ! (*haut.*) ne pourriez vous me dire ?...

DRU.

Nous verrons, nous verrons au café. ...

FRONTIN.

Ah ! c'est pour déjeûner !

DRU, *faisant reculer Frontin.*

Je lui ferai connaître qu'un homme comme moi, riche , brave, que M. Dru enfin ne se laisse pas couper l'herbe sous le pied... une... deux , c'est un homme enterré.

FRONTIN, *que les gestes de Dru effrayent, remet les lettres dans sa poche.*

Un duel ! ah ! je n'en suis pas.

DRU.

Je vais... mais, non. Avertis-le que je viendrai tout-à-l'heure le retrouver ici; je vais chercher mes armes. Nous irons ensemble au rendez-vous. (*Il sort.*)

SCÈNE X.

FRONTIN, *seul.*

Eh bien ! me voilà dans un joli embarras ! si je vais appeler l'un pour l'autre, il pourra bien m'en arriver... (*Il fait signe qu'il craint le bâton.*) Auquel des deux en veut-il ?... Ah ! que je suis sot ! que je suis sot ! Un cartel ! ça regarde l'officier. Une affaire d'honneur ! c'est de sa compétence... (*Il frappe à la porte de Florville.*) Mon officier... mon capitaine...

SCÈNE XI.

FLORVILLE *habillé*, FRONTIN.

FLORVILLE.

QUE me veux-tu donc ?

FRONTIN.

Pardon, si je vous dérange ; mais...

FLORVILLE.

Parleras-tu ?

FRONTIN.

Monsieur, c'est pour une affaire qui ne peut, au fond, que vous être très-agréable.

FLORVILLE.

Que veux-tu dire ?

FRONTIN.

Monsieur, c'est qu'il y a là-dedans un homme qui veut absolument avoir le plaisir de se couper la gorge avec vous.

FLORVILLE.

Tu rêves !

FRONTIN.

Tenez, voilà un billet au porteur qui vous expliquera...

FLORVILLE.

Donne. (*Il lit.*) Ah ! M. Dru !.. mon très-honoré rival !..: celui qu'on veut faire épouser à Sophie !.. Voyons.

FRONTIN, *à part.*

Bon ! c'était pour lui.

FLORVILLE, *après avoir lu.*

Voilà un cartel digne de son auteur !... Parbleu ! je suis charmé de l'aventure !... Il ne me connaît pas : amusons-nous et tirons même, s'il se peut, parti de la rencontre... Eh bien ! où donc est-il ?

FRONTIN.

Le voici, le voici. (*A Dru qui entre.*) Voilà mon maître, monsieur.

FLORVILLE, *à Frontin.*

Sortez.

FRONTIN, *s'en allant.*

Ah ! je ne me ferai pas prier.

SCÈNE XII.

FLORVILLE, DRU, *il entre le chapeau sur les yeux, et l'épée cachée sous sa redingotte.*

DRU, *s'avançant fièrement en apparence, vers Florville qu'il croit être Melcour.*

Eh bien ! mon petit merveilleux, avez-vous lu mon billet doux ?

FLORVILLE.

Oui, je l'ai lu et je suis prêt...

DRU ; *il apperçoit sa méprise et recule de frayeur; son épée tombe.*

Ciel ! que vois-je ! c'est un autre !

FLORVILLE.

Eh bien ! qu'avez-vous donc ?

DRU.

Excusez-moi, c'est une méprise... Je n'entends rien à tout ceci... mais le fait est que ce n'est pas vous que je cherchais.

FLORVILLE.

Ce n'est pas moi que vous cherchiez ! vous voulez plaisanter !... et ce billet ?... (*Il lui montre le cartel.*)

DRU.

N'est pas pour vous.

FLORVILLE.

Mais vous y parlez de Sophie Melcour !

DRU.

Eh bien ! qu'est-ce que cela vous fait ? Ce n'est pas vous qui l'épouserez.

FRORVILLE.

Comment ! je ne l'épouserai pas !

DRU.

Quoi ! vous aussi ! ciel ! nous voilà donc maintenant trois époux !

FLORVILLE.

Trois époux !... cet homme a perdu la raison !

DRU, *à part.*

Ma foi ! la peur pourrait bien en effet me rendre fou.

FLORVILLE.

Allez, allez ! vous jouez en vain la surprise. je ne suis point dupe de tout ceci, et c'est bien moi que vous cherchiez.

DRU.

Je vous jure...

FLORVILLE.

Çà, voyons, ramassez votre épée et sortons.

DRU.

Comment ! pourquoi faire ?

FLORVILLE.

La belle question !

DRU.

Mais ! je n'ai point de raison de vous en vouloir, et ce n'est point à vous...

FLORVILLE.

Pas tant de verbiage, ne voulez-vous pas épouser Sophie ?

DRU.

Oui.

FLORVILLE.

Eh bien ! moi aussi.

DRU.

Je veux bien épouser Sophie, mais je ne veux pas me battre... sur-tout contre vous, monsieur, qui êtes un homme qui ins-pirez un respect, un attachement et une estime qui... que... dont... enfin... certainement...

FLORVILLE.

C'est trop d'égard pour un rival ! mais tenez, je vous laisse le choix, ou de vous battre, ou de renoncer à Sophie.

D R U.

Comment ! renoncer à Sophie !

F L O R V I L L E, *lui rendant son épée.*

Vous ne voulez pas ? En ce cas sortons.

D R U, *prenant l'épée comme s'il acceptait le combat.*

Eh bien ! monsieur.... épousez-la.   (*Il veut sortir.*)

F L O R V I L L E, *l'arrêtant.*

Un moment, un moment. L'engagement qu'a pris avec vous l'oncle de Sophie, est le seul obstacle qui s'oppose à mon mariage avec elle. Pour que j'obtienne le consentement de l'oncle, il est donc nécessaire que je lui porte un écrit de votre part...

D R U.

Un écrit !...

F L O R V I L L E.

Oui, monsieur...

D R U.

Vous l'aurez, monsieur, vous l'aurez... Mais, foi d'honnête homme, ce n'est pas vous que je cherchais ; c'est un petit merveilleux qui veut aussi épouser Sophie, qui prétend disposer d'elle...

F L O R V I L L E.

Comment !

D R U.

Vous devriez vous charger de le mettre à la raison... cela vous regarde à présent... Je serai le témoin si vous voulez... serviteur.

F L O R V I L L E.

Mais expliquez-moi...

D R U.

C'est assez... je vous salue... de tout mon cœur...

F L O R V I L L E.

Mais encore un coup...

D R U.

Pardon.... je suis très-pressé... serviteur... pas possible...

, (*Il se sauve.*)

B 4

SCENE XIII.

FLORVILLE, *seul.*

Il m'échappe !... que croire ?... aurais-je en effet encore un rival ?.. où serait-ce un mensonge inventé par la peur ?.. Un rival !... Sophie !.. au moment où j'obtiens un congé pour aller à Nancy t'arracher à la violence de ton oncle et à l'hymen que tu redoutes, tu donnerais à un autre la foi que tu m'as promise ! Non... non... ce parjure est impossible.

RONDEAU.

Je suis encor cher à Sophie,
Cesse, mon cœur, d'être alarmé;
On n'est pas digne d'être aimé
Quand on soupçonne son amie.
   Sentimens jaloux,
   Triste méfiance,
   Tourmens de l'absence,
   Disparaissez tous.
   Je revois Sophie,
   Toujours plus jolie;
   Son tendre regard
   Et son doux sourire,
   Tout semble me dire:
   Ah ! plus de départ !

Oui, je suis cher à ma Sophie,
Cesse, mon cœur, etc.

   Mon ame, en son absence,
Eprouve encor quelque douceur;
L'amour a placé l'espérance
Entre la peine et le bonheur.

Mais, je vais revoir mon amie,
Et mon cœur n'est plus alarmé;
Plutôt cesser d'en être aimé,
Que de soupçonner ma Sophie.

SCÈNE XIV.

FLORVILLE, FRONTIN.

FLORVILLE.

Ah ! te voilà.

FRONTIN.

Eh bien ! monsieur ? J'ai rencontré votre homme... il m'a paru blessé.

FLORVILLE.

Il m'a soutenu que ce n'était pas à moi qu'il voulait parler.

FRONTIN.

Bah !... cela n'est pas croyable !... c'est qu'il aura eu peur.

FLORVILLE.

Tu ne t'es point trompé ?

FRONTIN.

Moi !... je ne me trompe jamais. Il m'a dit d'appeler mon maître... est-ce que vous ne l'êtes pas ?

FLORVILLE.

Allons, il suffit... je sais à quoi m'en tenir sur son compte... A propos, mes lettres ?

FRONTIN.

J'en ai une. (*A part.*) Ah ! mon dieu ! (*Il fouille dans ses poches.*) De quel côté est la sienne ? Ce maudit homme, avec son cartel, m'a fait oublier tout cela.

FLORVILLE.

Donne donc !

FRONTIN.

Excusez, c'est que je cherche... (*A part.*) C'est celle-là, je crois...

FLORVILLE.

As-tu fini ?

FRONTIN, *à part.*

Non... c'est celle-ci... (*Haut.*) La voilà, la voilà ! (*Il donne une lettre à Florville.*)

FLORVILLE.

(*Il ouvre la lettre sans regarder l'adresse; il lit la signature.*)

Justine Belmont ! Ah ! c'est de l'amie de Sophie ! Par quel hasard me sait-elle ici , et pourquoi m'écrit-elle ? (*Il lit à part.*) « Votre fuite et votre déguisement ont fait grand » bruit... » Que veut dire ceci ? *Il regarde l'adresse.*) Que vois-je ?.. *à Sophie Melcour, poste restante à Paris.* Sophie à Paris ! Sophie déguisée ! poursuivons...

FRONTIN, *à part.*

Bon ! c'est bien là sa lettre.

FLORVILLE, *continuant de lire.*

« Mais rassurez-vous ; votre amant est si avantageusement » connu , que chacun vous excuse et même vous approuve...» Qu'ai-je lu ? Un amant ! fuir avec lui ! l'infidèle ! mais comment cette lettre ?... (*Haut.*) Frontin ! cette lettre n'est pas pour moi.

FRONTIN, *à part.*

Ah ! ciel ! me suis-je trompé ! (*Haut.*) Pardon, c'est une erreur, voilà la vôtre. (*Il lui donne l'autre lettre.*)

FLORVILLE.

Mais celle-là , d'où la tiens-tu ?

FRONTIN.

D'où je la tiens ? ... (*A part.*) Que lui dire ?

FLORVILLE.

Veux-tu bien parler ?

FRONTIN.

Ne vous fâchez pas, monsieur, je vais vous avouer la vérité... Ce matin , comme j'allais à la poste chercher vos lettres , cet homme qui loge ici...

FLORVILLE.

Qui ? Dru ?

FRONTIN.

Justement, lui-même, Dru. (*A part.*) Ils ne se verront plus ; je ne risque rien.

FLORVILLE.

Eh bien ! Dru ?...

FRONTIN.

Eh bien ! il m'a chargé de demander aussi les siennes.

FLORVILLE.

Maraud ! elle est adressée à une femme.

FRONTIN.

Précisément, c'est pour sa femme, à ce qu'il m'a dit.

FLORVILE.

L'insolent ! intercepter les lettres écrites à Sophie ! a-t-on jamais vu pareille impudence ?

FRONTIN, *à part.*

Je suis, je crois, tiré d'affaire.

FLORVILLE, *se promenant à grands pas.*

Mais quoi ! elle est à Paris ! Dru l'ignore-t-il, ou seraient-ils d'accord ? Mais alors pourquoi cette fuite et ce déguisement ? c'est donc pour un autre ?.. Ah ! oui, c'est ce rival dont M. Dru m'a parlé...

FRONTIN, *à part.*

Qu'y a-t-il dans cette lettre ?

FLORVILLE.

Cherchons monsieur Dru, et ne négligeons rien pour retrouver Sophie. (*Il va pour sortir.*)

FRONTIN, *le rappelant.*

Permettez donc, s'il vous plaît, rendez moi la lettre de M. Dru.

FLORVILLE.

Je me charge, moi, de la lui rendre.

FRONTIN.

Que lui dirai-je ?

FLORVILLE.

Que tu me l'as remise.

FRONTIN.

Mais que dira-t-il ?

FLORVILLE.

Eh! ce qu'il voudra. (*Il met la lettre dans sa poche, et sent la boîte que Frontin a tenue.*) Qu'est-ce?... Quelle est cette boîte? Ce n'est point à moi...

FRONTIN, *à part.*

Maudite toilette! j'aurai tout confondu. (*Il se retire un peu à l'écart.*)

FLORVILLE.

Que vois-je? Mais ce médaillon ressemble... Voyons si le secret... c'est lui! c'est mon portrait! celui que j'ai donné moi-même à Sophie!.. Frontin! par quel hasard, comment ce portrait se trouve-t-il dans ma poche?

FRONTIN.

Un portrait, monsieur!.. c'est un portrait?.. Ah! ce n'est rien... c'est une méprise... ce portrait est à moi.

FLORVILLE.

A toi! qui te l'as donné?

FRONTIN.

Monsieur... il me vient d'un maître que j'ai servi.

FLORVILLE.

Le nom de ce maître?

FRONTIN.

Son nom?.. monsieur... il voyageait incognito.

FLORVILLE.

Incognito! son âge?

FRONTIN.

Mais... assez jeune.

FLORVILLE.

Des traits charmans?

FRONTIN.

Comme ceux d'une jolie femme.

FLORVILLE.

Juste ciel! et son pays?

FRONTIN.

Ah! son pays... je ne sais plus trop... attendez....

FLORVILLE.

Nancy ?

FRONTIN.

C'est cela. Je m'en souviens à présent ; il était de Nancy.

FLORVILLE.

Et qu'est devenu ce maître ?

FRONTIN.

Ce qu'il est devenu ?.. Oh! il est devenu... (*A part.*) Prenons le plus court. (*Haut et d'un ton larmoyant.*) Monsieur, il est devenu... mort.

FLORVILLE.

Mort ! quand, où ?

FRONTIN.

Oh ! il n'y a pas long-temps... il y a quatre jours... en venant à Paris... Ah ! c'est une aventure bien déplorable... des voleurs... il y en a tant aujourd'hui !.. au coin d'un bois... la nuit... près le village de... de... le nom n'y fait rien... Toujours est-il que je me suis battu comme un lion... mais le nombre... Hélas ! mon pauvre maître !... de tous ses effets je n'ai pu sauver que ce portrait.

FLORVILLE.

Elle est morte ! ah !

FRONTIN, *à part.*

La bonne histoire ! j'ai menti... comme un journal !... mais qu'est-ce ?... Où allez-vous donc, monsieur ?

FLORVILLE.

C'en est fait ! j'ai tout perdu... je pars... Prépare-toi... tu vas me suivre... Ah ! dieux !... (*Il rentre.*)

FRONTIN, *lui parlant à la cantonnade.*

Comment ! c'est mon histoire ?... N'en croyez que moitié, si vous voulez ; rien du tout même ; je ne m'en fâcherai pas... Il n'est peut-être pas mort... il n'est peut-être que blessé...

SCÈNE XV.

FRONTIN, *seul.*

Il ne m'écoute pas !... qu'est-ce que cela veut dire ?... Quel est donc ce portrait ?... Il veut partir... il a tout perdu... (*Voyant Melcour.*) Allons , ne voilà-t-il pas l'autre à présent !... Ah ! où me suis-je fourré ?

SCENE XVI.

FRONTIN, SOPHIE.

FRONTIN.

Vous allez sortir, monsieur, n'est-ce pas ?

SOPHIE.

Oui, j'ai quelques emplettes encore à faire. Tu vas m'accompagner.

FRONTIN, *d'part.*

Ah ! mon dieu ! et l'autre ! (*Haut.*) Monsieur... si vous permettiez , je n'irais pas avec vous.

SOPHIE.

Pourquoi ?

FRONTIN.

Monsieur, c'est que... c'est qu'on m'attend.

SOPHIE.

Qui donc, s'il vous plaît ?

FRONTIN.

Monsieur, chacun à ses connaissances... Je suis depuis long-temps en relations avec une certaine Justine... femme honnête au moins, autant que jolie... avec laquelle je dois un jour... vraiment, monsieur, elle m'attend.

SOPHIE.

Ce sera douloureux pour elle ; mais suivez-moi, je le veux.

FRONTIN.

J'obéirai, monsieur : j'obéirai... mais allez toujours ; je vous suis.

SOPHIE.

Ne tardons pas, allons. (*Elle va pour sortir.*)

FRONTIN, *à part.*

Ah ! bien oui ! que je le suive ! il m'attendra long-temps.

SOPHIE, *revenant.*

Ah ! je sortais comme un étourdi sans prendre mes papiers. Où as-tu mis ma malle ?

FRONTIN.

Vos papiers ! comment sont-ils ? Je vais... Quels papiers voulez-vous ? (*Il se met entre les deux malles, et fouille en même temps dans toutes les deux avec une extrême agitation.*)

SOPHIE.

Tu ne peux pas t'y tromper. Un gros rouleau... trouves-tu ?

FRONTIN, *tirant un rouleau d'une des malles.*

Un rouleau ! c'est cela.

SOPHIE, *prenant le rouleau.*

Bon !... mais est-ce bien ?... Voyons... oui... mais non !... Ciel ! que vois-je ?

FRONTIN, *à part.*

Ah ! pour le coup, je suis mort ! (*Il se retire à l'écart.*)

SOPHIE.

Ce sont les lettres que j'ai écrites à Florville ! Comment se trouvent-elles... (*Haut.*) Frontin ! où as-tu pris cela ?

FRONTIN.

Etourdi que je suis ! Pardon, monsieur, mille fois pardon, j'ai serré mes papiers avec les vôtres, et...

SOPHIE.

Tes papiers ! mais ce sont des lettres....

FRONTIN.

Des lettres ! oui, monsieur, je le sais bien.

SOPHIE.

Et de qui les tiens-tu ?

FRONTIN.

De qui je les tiens ?.. (*A part.*) Allons encore un conte.

DUO.

FRONTIN.

Je les tiens... d'une soubrette...
Qui les tenait...
D'une femme un peu coquette...
Qui les tenait...
D'un amant très-peu fidelle...
Qui les tenait
Lui-même.... d'une autre belle....
Qu'il délaissait.

SOPHIE.

O trahison ! ô perfidie !
Juste ciel !

FRONTIN.

Bon ! cela n'est rien !
Si nous usons de perfidie,
Les femmes nous le rendent bien.

SOPHIE.

O trahison ! ô perfidie !

FRONTIN.

Bagatelle !... cela n'est rien !
Nous oublions, on nous oublie ;
On est quitte, on ne se doit rien.

SOPHIE, *regardant les lettres.*

Soyez ensevelis dans l'ombre du mystère,
Monumens de ma flâme et de sa trahison !   (*Elle les déchire.*)

FRONTIN, *les ramassant.*

Grands dieux ! que venez-vous de faire ?
Un modèle charmant de style épistolaire,
Que je devais vendre au libraire
Et livrer à l'impression !

ENSEMBLE.

SOPHIE.	FRONTIN.
O trahison ! ô perfidie !	Si nous usons de perfidie,
Va, monstre, un cœur tel que le tien,	Les femmes nous le rendent bien.
Eût fait le tourment de ma vie ;	Nous oublions, on nous oublie ;
Mais, enfin, tu ne m'es plus rien !	On est quitte, on ne se doit rien.

(*Elle tombe renversée dans un fauteuil.*)

F R O N T I N.

Mais, que vois-je ?... Vous pâlissez ! qu'avez-vous ?... Il ne
répond plus !... Ah ! mon dieu !... et mon premier maître, et
mon second maître !... je vais donc aujourd'hui les enterrer tous
les deux ?... Que faire ?.. Il se meurt !... Au secours !.. venez,
accourez, au secours ! (*Il appelle de tous les côtés.*)

S C È N E X V I I.

L E S P R É C É D E N S, D R U.

D R U.

Eh bien ! qu'est-ce donc que tout cela ?... Est-ce que le
feu est à la maison ?

F R O N T I N, *montrant Sophie.*

Secourez-le, je vous prie, monsieur, secourez-le.

D R U.

Qui ?... Ah ! c'est vous, mon petit rival ! (*A Frontin.*) Eh
bien ! de l'eau de Cologne ; vîte de l'eau de Cologne. (*Frontin
sort.*)

S C È N E X V I I I.

S O P H I E, D R U.

D R U, *à Sophie qui le repousse.*

Je suis bon diable, allez ; n'ayez pas peur.

S O P H I E.

Pauvre Sophie !

D R U.

Sophie ! eh ! je ne viens plus vous la disputer !... Au reste,
elle ne sera, ni pour vous, ni pour moi, allez. J'ai trouvé ici
un gaillard...

C

SOPHIE.

Pauvre Sophie !

DRU.

Calmez-vous. Voulez-vous mourir pour cette Sophie ?

SCÈNE XIX.

LES PRÉCÉDENS, FLORVILLE.

FLORVILLE.

Qui parle ici de Sophie ? (*A Dru.*) Ah ! c'est toi, malheureux !... Je te trouve enfin.

DRU.

Ah ! monsieur, monsieur !... tenez, tenez, voilà l'écrit que vous me demandez... N'en parlons plus, monsieur, n'en parlons plus, épousez Sophie.

FLORVILLE.

Plût au ciel !

SOPHIE.

Qu'entends-je ?... quelle voix ?... c'est lui !

FLORVILLE,

Que vois-je ? c'est Sophie ! (*Il se jette à ses genoux.*)

DRU.

Sophie ! Sophie ! Ah ! qu'ai-je fait ?...

(*Il se sauve à toutes jambes.*)

SCÈNE XX.

SOPHIE, FLORVILLE.

DUO.

FLORVILLE.

Tu respires, ma douce amie !
Je te presse encor sur mon cœur.

SOPHIE.

Tu m'oses nommer ton amie !
Non, non, non, tu n'as plus mon cœur.

FLORVILLE.

Ciel ! quel langage, ma Sophie !
Aurais-je donc perdu ton cœur ?

SOPHIE.

Non, je ne suis plus ta Sophie :
Laisse-moi, tu me fais horreur.

FLORVILLE.

Qu'entends-je ?

SOPHIE.

Infidèle !

FLORVILLE.

Infidèle ?

SOPHIE.

Perfide ! tu n'en rougis pas ?

FLORVILLE.

Qui ! moi ! quand je mourais, cruelle !
Sur le récit de ton trépas ?

SOPHIE.

Que parles-tu de mon trépas ?

FLORVILLE.

Eh mais ! j'en ai cru la nouvelle
Sur le rapport de mon valet.

SOPHIE.

Et moi, je te crus infidèle
Sur le rapport de mon valet.
Vois ces lettres.

(*Elle lui montre le reste du rouleau qu'elle tient dans sa main.*)

FLORVILLE.

Vois ce portrait.

ENSEMBLE.

FLORVILLE.	SOPHIE.
Tu respires, ô ma Sophie!	Ah ! je respire, et ta Sophie
Et je possède encor ton cœur :	Pour jamais t'a rendu son cœur ;
Ah ! sois à jamais mon amie ;	Je serai toujours ton amie,
Ton amour fait tout mon bonheur.	Notre amour fait tout mon bonheur.

SCENE XXI et dernière.

LES PRÉCÉDENS, FRONTIN.

FRONTIN, *arrivant avec un flacon.*

ME voici, me voici...

FLORVILLE.

Quoi ! ma chère Sophie ! moi, qui allais vous chercher à Nancy...

FRONTIN, *à part.*

Sa Sophie !

FLORVILLE.

Mais, quelles histoires nous ont donc fait nos coquins de valets ?

FRONTIN, *à part.*

Ah ! ah ! fuyons.

SOPHIE.

Il faut les confronter ensemble.

FLORVILLE, *arrêtant Frontin.*

Oui, oui, confrontons-les. D'abord, voici le mien.

SOPHIE.

Lui ! mais c'est le mien.

FLORVILLE.

Comment donc ! nous servais-tu tous deux ensemble ?

FRONTIN.

Messieurs... (*se reprenant.*) je veux dire , madame et monsieur , puisqu'enfin... Oui... je pourrais vous le nier , mais je suis trop honnête homme, j'aime mieux vous l'avouer. Oui... je vous ai servi tous deux à-la-fois.

FLORVILLE.

Maraud !

FRONTIN.

Ah ! de grace, écoutez-moi, je vous supplie ; vous gronderez après, si vous voulez :

VAUDEVILLE.

CHERCHANT un valet dans ces lieux,
Tous deux me prenez pour le vôtre.
Pour éviter de perdre l'un ou l'autre,
Je me décide à vous choisir tous deux.
J'ai fait mille et mille sottises,
En vous servant ainsi chacun ;
Mais à présent que les deux n'en font qu'un,
Je ne craindrai plus les méprises.

FLORVILLE.

Des méprises ! eh ! Frontin ! qui n'en fait pas ?...

La prude qui croit rajeûnir ;
Le fat qui croit avoir des graces ;
L'homme de bien qui compte sur des places ;
Le médecin qui prétend vous guérir ;
Le rimeur de plates devises,
Qui se croit l'égal de *Collé ;*
Le fournisseur qui dit je suis volé...
Tous ces gens là font des méprises.

SOPHIE, *au Public.*

Les méprises, les quiproquo
Sont l'ame de nos comédies ;
Mais devancés par tant de grands génies,
Que pouvons-nous vous offrir de nouveau ?
Aussi maint auteur que l'on prise,
De l'esprit des morts s'est servi ;
En empruntant l'esprit de *Goldoni,*
Aurions-nous fait une méprise ?

F I N.

DE L'IMPRIMERIE DE MIGNERET jeune,
RUE JACOB, n.º 1186.

9 782019 264178